PRINCESSE
Academy
Le Manoir d'Émeraude

Princesse Léa

et le trésor de l'hippocampe

À Princesse Fiona et à toutes ses amies de Sandham Middle School, V.F.
Merci tout particulier à J.D.

Cet ouvrage a initialement paru en langue anglaise en 2008
chez Orchard Books sous le titre :
Princess Leah and the Golden Seahorse.

Adapté de l'anglais par Natacha Godeau

Mise en page et colorisation : Valérie Gibert et Philippe Sedletzki

Hachette Livre, 43 quai de Grenelle, 75015 Paris

Vivian French

PRINCESSE
Academy
Le Manoir d'Émeraude

Princesse Léa
et le trésor de l'hippocampe

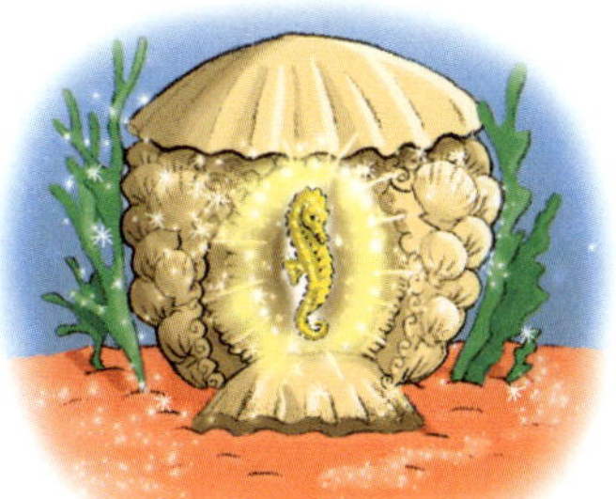

hachette
JEUNESSE

PRINCESSE
Academy
Le Manoir d'Émeraude

Institution
pour Princesses Modèles

Devise de l'école :

Une Princesse Modèle
est honnête, aimable
et attentionnée.
Le bien-être des autres
est sa priorité.

Le Manoir d'Émeraude étant situé au bord de la mer, notre programme inclut :

- Une visite à l'Aquarium Royal
- Des leçons de natation
- Une excursion à l'Île Aux Goélands
- L'étude du comportement des baleines

Notre directrice, la Reine Gwendoline, habite l'aile principale du manoir. Nos élèves sont placées sous la surveillance de l'Enchanteresse en chef Marraine Fée et de son assistante Fée Angora.

Liste des professeurs :

• La Reine Marjorie
(Éducation Sportive)

• Le Roi Jonas
(Capitaine de *La Perle des Mers*)

• Lord Henri
(Sciences de la Nature)

• La Reine Mère Matilda
(Maintien, Bonnes Manières et Art Floral)

Les princesses sont notées à l'aide de Points Diadème. Les meilleures élèves reçoivent leur Écharpe d'Émeraude pendant le Bal de Fin d'Année. Elles peuvent ensuite s'inscrire aux Tours de Diamants afin d'y parfaire leur éducation.

Le jour de la rentrée, chaque princesse est priée de se présenter munie de :

- Dix tenues de bal
- Sept robes de cocktail
- Cinq ensembles de jour
- Cinq paires de souliers de fête
- Sept maillots de bain
- Une ombrelle
- Une capeline en paille
- Un sac de plage soigneusement préparé.

La Chambre des Jonquilles

• Princesse Mélanie a confiance en elle

• Princesse Amélie est étourdie mais décidée

• Princesse Léa ne craint rien ni personne

• Princesse Zoé aime que tout soit beau et joyeux

• Princesse Rosa sait garder son calme

• Princesse Rachel n'abandonne jamais

SANS OUBLIER...

• Les jumelles Précieuse et Perla, les deux pestes de la Princesse Academy !

Coucou !
Je suis Princesse Léa ! J'ai de la chance : mon école, le Manoir d'Émeraude, est au bord de la mer. Je ne pouvais pas rêver mieux ! Surtout que mes amies de la Chambre des Jonquilles sont toutes avec moi...

Tu les connais sûrement. Ce sont les Princesses Amélie, Rosa, Mélanie, Rachel et Zoé. On va bien s'amuser, ensemble !

Chapitre premier

Il fait très beau ce matin. Le soleil brille sur la mer. Et je n'ai pas du tout envie d'aller en classe après le petit-déjeuner ! Je soupire :

— Si seulement les cours étaient annulés…

— Pourquoi ? s'étonne Amélie.

Zoé éclate de rire :

— Mais parce qu'on pourrait s'amuser à la plage, bien sûr !

À ces mots, la Reine Gwendoline entre dans le réfectoire. Notre directrice est parfois sévère, mais j'ai découvert qu'elle est très gentille, en réalité. Elle veut juste que nous devenions de vraies Princesses Modèles. Et elle a toujours plein de bonnes idées pour ça… Nous nous levons en saluant à l'unisson :

— Bonjour, Votre Majesté !

— Bonjour, mes chères Princesses. J'ai une grande nouvelle à vous annoncer. Aujourd'hui, Fée Angora vous emmène à l'Aquarium Royal !

— Oh !

— Vous verrez, c'est un endroit fabuleux. Il y a une salle sous-marine avec des parois de verre. On a l'impression que les poissons de la Baie d'Émeraude nagent autour des visiteurs !

Nous sommes toutes émerveillées. Sauf ces pestes de Précieuse et Perla qui font semblant de bâiller d'ennui ! Par chance, la Reine Gwendoline ne les voit pas. Elle continue gaiement :

— L'Aquarium Royal possède aussi un bassin d'étude. Vous pourrez y observer de près des animaux extraordinaires. Le plus rare et le plus fragile d'entre eux

est l'Hippocampe Doré. Il n'en existe pas plus d'une vingtaine dans le monde entier !

La Reine fronce les sourcils avant d'ajouter :

— Inutile de vous préciser qu'il est *strictement interdit* d'y toucher !

— Oui, Votre Altesse !

— Les élèves de la Prince Academy ont suivi des cours de Biologie Marine, reprend la directrice. Ils vous expliqueront tout sur les différentes espèces du bassin. Pour les remercier de leur aide, je les ai invités à un grand bal, ce soir, au Manoir d'Émeraude.

Un bal ? Ici, dans notre école ? Et avec des Princes, en plus ? C'est fantastique ! La Reine Gwendoline sourit.

— Je compte sur vous pour être bien attentives pendant la visite de l'Aquarium. Car après, vous aurez une interrogation écrite. Celles qui obtiendront dix Points Diadème à leur devoir ouvriront le bal.

Puis elle quitte le réfectoire en expliquant :

— Marraine Fée m'attend pour préparer la décoration de la fête.

Elle s'éloigne dans le couloir. Je bondis de bonheur.

— Hourra ! C'est notre premier bal au Manoir d'Émeraude !

— Je vais enfin pouvoir mettre ma nouvelle robe en soie rose ! se réjouit Rachel.

Perla l'interrompt brusquement.

— Nous, on en a des tas, des robes neuves. En soie, en satin. Et même une en dentelle. N'est-ce pas, Précieuse ?

— Des tas et des tas, Perla !

— Les Princes nous trouveront tellement élégantes qu'ils ne voudront danser qu'avec nous ! persifle encore sa sœur. Courons choisir nos tenues de bal !

Et les deux chipies se précipitent à la porte. Fée Angora se fâche aussitôt :

— Princesses Précieuse et Perla ! Qui vous a donné la permission de sortir de table ? Une Princesse Modèle doit toujours faire preuve de politesse !

Alors, les jumelles retournent s'asseoir à leur place. Elles baissent piteusement la tête. Fée Angora est vraiment très douce… mais quand elle parle sur ce ton, il vaut mieux lui obéir sans discuter !

Chapitre deux

L'Aquarium Royal est au pied de la colline. Précieuse et Perla voulaient y aller en carrosse. Mais Fée Angora a refusé, c'est beaucoup trop près de l'école. Et maintenant, les jumelles n'arrêtent pas de se plaindre en chemin !

— Mère dit qu'une Princesse ne doit jamais marcher dans l'herbe !

— Après tout, nous ne sommes pas des personnes comme les autres !

En les entendant, Zoé ne peut

pas s'empêcher de pouffer. Perla se vexe :

— Tu te moques de nous, Zoé ?

— Oh non ! Je me demande juste en quoi vous êtes *si différentes* des autres gens...

Précieuse ne sait pas quoi répondre. Mais sa sœur, si !

— On est *mille fois mieux*, évidemment ! prétend-elle en redressant le menton d'un air hautain.

Ça m'énerve, les gens qui méprisent les autres. Pas toi ? Le problème, c'est que je suis capable de faire des choses idiotes rien que pour les contredire ! Je m'exclame :

— Oh là là ! Je dois être *mille fois pire*, alors ! Parce que moi, j'*adore* l'herbe… Ce n'est pas sur le carrelage d'un château qu'on peut faire des acrobaties !

Et sous le regard médusé des jumelles, je m'élance, les mains en avant, sur la pelouse. Où j'exécute une roue parfaite !

— Princesse Léa !

Fée Angora accourt en se mordant les lèvres. Je vois bien qu'elle se retient de rire.

— Voyons, mon enfant ! Une Princesse Modèle doit se tenir convenablement en public... même si elle est championne de roue !

— Je suis désolée, Fée Angora. J'ai un peu trop fait mon intéressante...

— Exactement ! intervient Perla. Et ça prouve qu'on est mille fois mieux que toi, Précieuse et moi ! Nous, on est de vraies Princesses Modèles !

— Hélas non, regrette Fée Angora. Une Princesse Modèle ne se vante jamais d'être la meilleure et sait reconnaître ses erreurs.

Voilà pourquoi je retire un seul Point Diadème à Princesse Léa. Mais je suis obligée de vous en enlever deux, Princesse Perla !

Perla serre les poings. Elle est très contrariée. Mais Fée Angora l'ignore et se remet en route.

— En avant, Princesses !

Au moment où je passe devant elle, Perla me chuchote à l'oreille :

— Je me vengerai, Mademoiselle-je-fais-trop-l'intéressante !

Je n'ai pas le temps d'entrer dans la dispute. Rosa m'attrape par le bras et m'entraîne avec elle.

— Laisse tomber, Léa ! Ça y est, on arrive à l'Aquarium Royal. Ma cousine est venue ici, elle aussi, il y a deux ans. D'après elle, l'Hippocampe Doré est féerique... J'ai hâte de le voir !

Chapitre trois

Nous commençons la visite de l'Aquarium Royal. C'est impressionnant ! D'abord, nous traversons une espèce de long couloir métallique.

— On se croirait dans un sous-marin…

— Vous avez tout compris, Princesse Léa, acquiesce Fée Angora. En effet, ce tunnel nous conduit sous la mer.

Avec mes amies, nous avons du mal à y croire ! Pourtant, peu après, nous débouchons dans la salle en verre dont nous a parlé la directrice. Quel spectacle grandiose ! Tout autour de nous, à travers les parois transparentes, nous voyons des algues et des poissons magnifiques qui nagent en liberté…

— J'ai l'impression d'être une sirène ! glousse Zoé.

— Ou une grosse pieuvre gluante, murmure Perla.

Fée Angora ne l'entend pas. Sinon, elle lui retirerait au moins cent Points Diadème, cette fois ! L'Enchanteresse nous parle du poisson-clown, de la méduse, de l'oursin, du poisson-flamme… Lui, c'est mon préféré, avec ses écailles orangées et ses bandes noires ! J'essaie de le dessiner dans mon carnet de croquis.

Soudain, Perla me donne un grand coup de coude. Oh non ! Tout est raté ! Mais je ne suis pas sûre qu'elle l'ait fait exprès. Alors, je change de page sans rien dire. Perla reste quand même derrière moi. Et…

— Attention, je glisse ! crie-t-elle en me bousculant.

Et patatras ! tous mes crayons de couleur tombent par terre !

Elle sourit méchamment.

— Dommage, Léa ! Attends, je les ramasse !

Elle me les tend d'un air ravi : les mines sont cassées !

— Tu devrais être plus soigneuse avec tes affaires, ma pauvre.

Tu ne vas pas pouvoir faire ton intéressante avec tes dessins, maintenant !

Et elle s'éloigne en ricanant. Je n'en reviens pas : elle est vraiment horrible, aujourd'hui !

— Continuons la visite, mes enfants ! ordonne alors Fée Angora.

Vite, je range mes crayons dans mon sac. Je suis très en colère ! Mélanie, qui a tout vu, vient m'aider. Elle me réconforte :

— Perla se ridiculise, en agissant aussi bêtement. Ne t'occupe pas d'elle. Je te prêterai mes crayons de couleur, si tu veux.

Je pousse un soupir de soulagement. À quoi bon m'en faire à cause de Perla ? J'ai plein d'amies formidables. Et c'est bien ça le plus important !

Nous suivons Fée Angora dans un autre couloir. Nous remontons dans le hall d'entrée de l'Aquarium Royal.

Puis nous arrivons dans la pièce du bassin d'étude, où six élèves de la Prince Academy travaillent justement. Ils sont très charmants, je l'avoue ! D'ailleurs, les jumelles minaudent et battent des cils devant le plus âgé d'entre eux.

— Vous êtes si courageux de tremper les mains dans ce bassin ! roucoule Perla. Vous n'avez pas peur d'être mordus par un crabe ?

— Non, les crabes ne mordent pas. Ils pincent !

Et le Prince ramasse un bocal vide, par terre. Il le remplit d'eau, fait grimper un crabe dedans, et le tend sous le nez de Perla qui recule en criant.

— Il ne risque pas de vous pincer à travers le bocal ! la rassure le Prince.

Soudain, il se tourne vers moi.

— Et vous, Princesse, vous voulez le regarder de plus près ?

— Oh oui, merci !

Je prends le bocal avec précaution. Le crabe s'agite, à l'inté-

rieur. Il est impatient de regagner son bassin !

— C'est amusant, il a huit pattes ! je constate.

— Dix, corrige le Prince. Ses deux pinces comptent aussi, même s'il ne les utilise pas pour marcher ! Au fait, je m'appelle Prince Fringant.

Je m'incline légèrement.

— Enchantée, Prince Fringant. Je suis Princesse Léa. Mais je vous en supplie, relâchez le crabe…

Le Prince reprend le bocal et le renverse sur le bord du bassin. Le crabe décampe en courant sur le côté et *plouf !* il plonge se cacher sous un rocher !

— Et l'Hippocampe Doré ?

— Approchez, Princesse Léa… Il est juste là !

Chapitre quatre

Je me penche au-dessus de l'eau bleu turquoise. Mes amies me rejoignent et regardent avec moi. Précieuse et Perla passent devant tout le monde. Pourtant, personne n'aperçoit l'Hippocampe Doré. Il y a des algues vertes, dans le bassin. Des anémones aux tentacules mauves. De longs poissons argentés... Et, tout à coup, je pousse un cri.

— Regardez ! Le voilà ! Il sort de sa grotte, dans les coquillages. Il est *minuscule* !

— Vous avez vu la forme de sa tête ? C'est pour ça, qu'on surnomme l'hippocampe : « cheval de mer », précise le Prince Fringant.

C'est vrai, c'est un animal totalement féerique ! Je ne l'avais

pas imaginé aussi fin, ni aussi délicat. Il mesure à peine deux centimètres, et il scintille comme mille diamants précieux ! Il reste un moment sur place, à se balancer de haut en bas. Le Prince soupire.

— C'est trop triste. Il danse pour attirer un autre Hippocampe Doré. Mais il n'y en a pas dans ce bassin. Ils sont très rares !

— Il doit se sentir horriblement seul… regrette Rachel, les larmes aux yeux.

Perla hausse les épaules avec dédain.

— Ce n'est qu'un stupide

poisson. Il ne ressent rien du tout, voyons !

Là-dessus, Mélanie m'emprunte mes lunettes. Elle les pose sur le bout de son nez et imite la Reine Gwendoline :

— *Honte à vous, Princesse Perla ! Une Princesse Modèle aime,*

protège et respecte de la même façon toutes les créatures vivantes !

Nous éclatons de rire. Pendant ce temps, Précieuse observe l'hippocampe de plus près. Elle demande :

— Au fait, il est vraiment en or ?

— Heureusement que non ! s'exclame un autre Prince, à l'air malicieux. Il aurait du mal à nager ! Mais ce petit hippocampe est un trésor quand même. Il est presque unique au monde. Il vaut une fortune !

— Tant que ça ?!

Perla semble très intéressée, subitement. Le Prince reprend :

— Mes parents voulaient me l'offrir, pour mon anniversaire. Ils étaient prêts à payer très cher… Mais le directeur de l'Aquarium n'a pas accepté de le leur vendre !

Il se met à pouffer.

— Ils ont eu un sacré choc : normalement, personne ne leur refuse jamais rien ! À la place, ils m'ont acheté un poney !

Cette fois, il se tord carrément de rire avant d'ajouter :

— Vous ne comprenez pas ? Mes parents m'ont offert un « cheval de terre » à la place d'un « cheval de mer » ! Ah ! Ah ! Ah !

Moi, je le trouve rigolo, ce Prince ! Amélie aussi, d'ailleurs. Elle le regarde d'un air amusé. Et Rosa et Mélanie fixent leurs chaussures en souriant ! Mais Fée Angora s'efforce de rester sérieuse. Elle s'éclaircit la voix et lance :

— Merci beaucoup, Prince Gaëtan. C'est une histoire très drôle ! Seulement, l'heure tourne, et mes élèves ont un devoir à faire...

L'Enchanteresse ouvre une porte, au fond de la pièce.

— Allons, mes chères Princesses ! Entrez en vitesse !

Nous saluons poliment les Princes en passant en rang devant eux. Le Prince Gaëtan s'incline dans une profonde révérence. Mais le Prince Fringant se contente de hocher discrètement la tête.

— J'espère vous revoir au bal, dit-il.

Et tu ne devines pas ? C'est exactement ce que je souhaite aussi !

La salle d'étude de l'Aquarium Royal ressemble à n'importe quelle classe du Manoir d'Émeraude. Il y a même la Reine Gwendoline, debout devant le tableau noir !

— Bonjour, mes chères Princesses ! J'imagine que votre visite vous a plu. Moi, cet endroit m'émerveille toujours. Voyons si vous avez bien tout écouté !

Fée Angora quitte la classe. Puis la directrice nous ordonne de nous asseoir et de sortir nos stylos de nos sacs. J'ai le cœur qui bat à cent à l'heure ! Pourtant, je réponds facilement à toutes les questions. La dernière est : « Combien de pattes un crabe possède-t-il ? » Rosa me fait un clin d'œil, et nous marquons ensemble la bonne réponse en souriant ! À la fin, c'est Charlotte, de la Chambre des Roses, qui ramasse les copies. Perla lève la main.

— S'il vous plaît, Votre Majesté ! Je ne me sens pas très bien…

Elle parle d'une toute petite voix. La Reine Gwendoline hoche la tête.

— Fée Angora va vous soigner. Elle est à l'accueil de l'Aquarium. Princesse Léa, voulez-vous y accompagner Princesse Perla, je vous prie ?

— Oh non, pas elle ! proteste alors Perla.

La Reine hausse un sourcil étonné. Perla s'empresse de corriger :

— Je veux dire que j'ai besoin de *Précieuse* quand je suis malade. Pas de Léa. C'est une histoire de sœurs jumelles, vous comprenez…

— Dans ce cas, vous irez *toutes les trois* !

Chapitre cinq

Perla est bien attrapée ! Elle ne voulait pas que je vienne avec elle et Précieuse, ça se voit… Quand nous arrivons au bout du couloir, elle déclare d'un ton ferme :

— Bon, eh bien voilà, Léa. Tu as obéi à la Reine Gwendoline.

Tu peux retourner en classe, maintenant. L'accueil n'est plus très loin. On n'a plus besoin de toi.

— Plus besoin du tout, renchérit Précieuse.

J'hésite pourtant à les laisser seules…

— Tu crois vraiment que ça ira, Perla ?

— Ça ira très bien ! Au revoir !

Et elle entraîne sa sœur dans la pièce du bassin d'étude ! D'accord, c'est un raccourci vers l'accueil de l'Aquarium. Mais je trouve ça louche quand même. Surtout que Perla n'a plus l'air très malade… Et comme je la soupçonne d'avoir menti, je décide de l'espionner. Tant pis si n'est pas digne d'une Princesse Modèle. Je dois découvrir ce que ces deux pestes manigancent ! Je regarde par la porte entrouverte et…

— Oh !

Perla est en train de pêcher quelque chose dans le bassin ! Et Précieuse attend à côté d'elle, un bocal plein d'eau à la main…

— Vite, Perla ! Quelqu'un pourrait nous voir !

Soudain, Perla sort son épuisette du bassin. Elle la vide rapi-

PRINCESSE
Academy
Le Manoir d'Émeraude

dement dans le bocal de sa sœur. Mais j'ai le temps de reconnaître la petite créature fragile qu'elles viennent de capturer ! Je me précipite dans la pièce en hurlant :

— Arrêtez, vous n'avez pas le droit ! Relâchez l'Hippocampe Doré !

— Non ! Je veux qu'il soit à moi ! s'entête Perla.

Elle s'empare du bocal et le range dans son sac. Elle ricane :

— Je ne le vole pas, Léa. Je vais dire à Mère de le payer ! J'en ai tellement envie, de cet hippocampe… C'est un animal de compagnie bien plus original qu'un chat ou qu'un chien. Et bien plus précieux !

— Qu'est-ce qui est si précieux, Princesse Perla ?

Nous sursautons. Fée Angora vient d'entrer à son tour ! Elle est si légère, on ne l'entend jamais marcher ! Perla improvise :

— J'allais justement vous voir à l'accueil, Fée Angora. C'est la Reine Gwendoline, qui m'envoie. Je me sens très malade !

L'Enchanteresse lui tâte le front.

— Vous n'avez pas de fièvre, il me semble. Mais il vaut mieux vous reposer quelques instants. Suivez-moi !

— Précieuse peut m'accompagner ? gémit alors Perla d'un ton suppliant.

— Bien sûr, ma chère enfant.

Puis, Fée Angora me sourit.

— Je vous remercie, Princesse Léa. Vous pouvez retourner en classe prévenir la directrice que je m'occupe de tout, maintenant.

Perla serre fort son sac contre elle, et j'ai de plus en plus peur pour l'Hippocampe Doré. Il doit déjà être très malheureux, dans ce minuscule bocal, loin de sa grotte et de son bassin... Oh là là ! Je ne sais pas quoi faire ! Si je dénonce Perla, je serai encore plus méchante qu'elle. Je m'éloigne lentement quand, tout à coup, j'ai une idée !

— Le sac de Perla pèse lourd, Fée Angora. Donnez-le-moi, j'irai le reposer dans la classe en attendant qu'on rentre au Manoir d'Émeraude !

— C'est très gentil, Princesse Léa, approuve l'Enchanteresse.

Mais Perla se cramponne à son sac.

— Non, n'y touche pas, Léa ! Je te l'interdis !

— Princesse Perla ! s'exclame Fée Angora, scandalisée.

Aussitôt, Précieuse se jette sur le sac de sa sœur et tire dessus en criant :

— On n'a pas besoin de Léa. C'est moi qui vais le porter !

Mais elle est si pressée de l'attraper qu'il tombe par terre. Et *crac* ! le bocal explose en mille morceaux ! L'Hippocampe Doré se tortille sur le carrelage en pierre. Il étouffe hors de l'eau !

— Hiiiiii ! les jumelles hurlent de panique.

Sans réfléchir, je me jette sur le sol. Je glisse les mains sous

l'hippocampe et je le ramasse avec précaution. Je lui parle tout bas, pour le réconforter. Je fais bien attention à ne pas le blesser

en courant le remettre dans le bassin. Mais c'est affreux : il se laisse couler au fond de l'eau ! Je m'écrie :

— Au secours, Fée Angora ! L'Hippocampe Doré ne peut plus nager !

— Du calme, Princesse Léa.

Du bout de sa baguette magique, l'Enchanteresse caresse la surface de l'eau. Et dans une

pluie d'étoiles scintillantes, l'Hippocampe Doré se redresse enfin !

— Il est en parfaite santé, assure Fée Angora. Et c'est grâce à vous, Princesse Léa ! Vous l'avez sauvé !

— Je suis fière de vous, Princesse Léa ! Merci !

Je me retourne. La Reine Gwendoline se tient debout devant la porte. Elle a assisté à toute la scène ! Elle ajoute :

— Il est l'heure de rentrer au Manoir d'Émeraude. Les élèves vous attendent à l'accueil, Fée Angora. Princesses Précieuse et

Perla, vous restez avec moi. Vous avez beaucoup de choses à m'expliquer !

Chapitre six

En arrivant au Manoir d'Émeraude, Fée Angora nous demande de la suivre au salon.

— La Reine Gwendoline m'a rendu vos devoirs corrigés. Voici les résultats !

Je croise les doigts pour me

porter bonheur. Pourvu que j'aie bien répondu aux questions ! L'Enchanteresse poursuit :

— Et d'abord : bravo, mes chères Princesses ! Vous avez toutes très bien travaillé ! Mais seulement six d'entre vous ont obtenu dix Points Diadème…

Dix Points Diadème, c'est la meilleure note ! Fée Angora nous fait un clin d'œil, à mes amies et à moi, puis elle annonce :

— Princesses de la Chambre des Jonquilles, je vous félicite ! Ce soir, vous aurez l'honneur d'ouvrir le bal. Montez vite vous préparer !

Nous nous amusons comme des folles, dans notre dortoir ! Nous enfilons nos nouvelles robes, et

nous valsons ensemble à travers la chambre en nous admirant. Ensuite, nous descendons gaiement le grand escalier.

— Le Prince Fringant va peut-être t'inviter à danser, Léa !

— Rachel a raison ! renchérit Amélie. À moins que ce ne soit le Prince Gaëtan !

Aussitôt, Mélanie s'incline devant elle dans une profonde révérence.

— *Ils m'ont offert un « cheval de terre », pas un « cheval de mer »* ! s'écrie-t-elle.

Elle imite le Prince à la perfection ! Rosa et Zoé manquent de s'écrouler de rire sur les marches ! Mais, bien sûr, nous nous taisons juste avant d'entrer dans la salle de bal. En tant que Princesses Modèles, nous devons nous tenir comme il faut… surtout que la Reine Gwendoline est déjà là !

— Que pensez-vous de la décoration ? nous demande-t-elle.

— Magnifique, Votre Majesté !

— Parfait. Je transmettrai vos compliments à Marraine Fée !

Si tu voyais ça ! Il y a des nœuds de satin turquoise tout autour de la pièce. Les murs sont recouverts d'immenses filets de pêche scintillants. Des coquillages et de petites clochettes d'argent sont accrochés à des rubans de velours vert. Et des boules lumineuses tournent au plafond en lançant des éclairs bleus !

— On se croirait vraiment sous la mer ! s'extasie Mélanie. C'est merveilleux !

— Hé ! Voici les Princes ! glousse soudain Rachel.

Comme ils sont beaux, dans leurs habits de gala ! Ils suivent

majestueusement leur directeur, le Roi Hubert. D'habitude, je n'ai pas peur de parler aux Princes. Mais là, je suis horriblement inti-

midée ! Alors, je rougis. Je dois avoir l'air idiote ! Je me lamente. Je me dis que le Prince Fringant ne m'invitera jamais à danser…

quand il approche de moi et s'incline !

— Princesse Léa ?

Et voilà, je rougis deux fois plus ! En plus, une trompette se met soudain à sonner solennellement. Tout le monde nous regarde, c'est gênant ! Le Prince déclame :

— Permettez-moi, au nom de l'Aquarium Royal, de vous offrir le Trésor de l'Hippocampe.

Il me tend un écrin en saphir. Je l'ouvre en tremblant, et je découvre à l'intérieur un incroyable pendentif en or… et en forme d'hippocampe !

— C'est trop, Prince Fringant !

— Non ! Cette médaille

d'honneur est réservée à ceux qui ont su protéger l'Hippocampe Doré, explique-t-il.

— Hourra pour Léa ! s'écrie brusquement Mélanie.

L'assemblée applaudit. Je passe le pendentif autour de mon cou, puis le Prince me prend la main.

— Princesse Léa… M'accorderez-vous cette valse ?

Tu devines ce que je lui réponds !

Plus tard, ce soir-là, je me glisse dans mon lit en soupirant de bonheur. Je suis fatiguée, mais c'est parce que j'ai dansé et dansé sans m'arrêter !

Oui, le bal a été extraordinaire ! Avec mes amies, nous allons en rêver toute la nuit. Parce qu'il faut bien l'avouer : nous avons chacune un Prince préféré, maintenant. Et je parie que toi aussi… !

FIN

Que se passe-t-il ensuite ?
Pour le savoir,
regarde vite la page suivante !

L'aventure continue à la Princesse Academy avec Princesse Rosa !

Tout le monde s'inquiète, à la Princesse Academy. Chaque année, plusieurs baleines viennent chanter près du Manoir d'Émeraude… mais cette fois, il en manque une ! Avec ses amies, Princesse Rosa embarque à bord de *La Perle des Mers* : il faut à tout prix retrouver la baleine disparue !

Pour connaître la date de parution de ce tome, inscris-toi à la newsletter du site :
www.bibliothequerose.com

Les as-tu tous lus ?

Princesse Charlotte
ouvre le bal

Princesse Katie
fait un vœu

Princesse Daisy
a du courage

Princesse Alice
et le Miroir Magique

Princesse Sophie
ne se laisse pas faire

Princesse Émilie
et l'apprentie fée

Saison 2 : les Tours d'Argent

Princesse Charlotte
et la Rose Enchantée

Princesse Katie
et le Balai Dansant

Princesse Daisy
et le Carrousel Fabuleux

Princesse Alice
et la Pantoufle de Verre

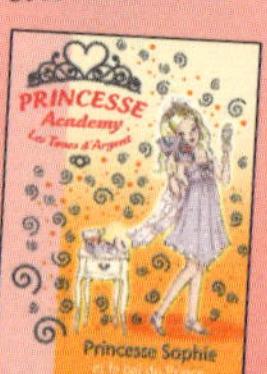

Princesse Sophie
et le bal du Prince

Princesse Émilie
et l'Étoile des Souhaits

Retrouve toutes les histoires de la Princesse Academy dans les livres précédents.

Saison 3 : le Palais Rubis

Princesse Chloé
entre dans la danse

Princesse Jessica
a un cœur d'or

Princesse Olivia
croit au Prince Charmant

Princesse Marie
garde le sourire

Princesse Maya
fait le bon choix

Princesse Noémie
n'oublie pas ses amies

Princesse Noémie
et la Serre Royale

Princesse Olivia
et le Bal des Papillons

Les as-tu tous lus ?

Retrouve toutes les histoires de la
Princesse Academy dans les livres précédents.

Saison 4 : le Château de Nacre

Princesse Anna
et Noires-Moustaches

Princesse Isabelle
et Blanche-Crinière

Princesse Lucie
et Truffe-Caramel

Princesse Inès
et Plume-d'Or

Princesse Emma
et Sabots-Bruns

Princesse Sarah
et Duvet-d'Argent

Saison 5 : le Manoir d'Émeraude

Princesse Amélie
et le sauvetage du petit phoque

Table

«Pour l'éditeur, le principe est d'utiliser des papiers composés de fibres naturelles, renouvelables, recyclables et fabriquées à partir de bois issus de forêts qui adoptent un système d'aménagement durable. En outre, l'éditeur attend de ses fournisseurs de papier qu'ils s'inscrivent dans une démarche de certification environnementale reconnue.»

Imprimé en France par Jean Lamour - Groupe Qualibris
Dépôt légal : juillet 2010
20.24.2060.0 /01– ISBN 978-2-01-202060-3
Loi n° 49956 du 16 juillet 1949
sur les publications destinées à la jeunesse